사는 게 만약 뜨거운 연주라면

사는 게 만약 뜨거운 연주라면

지은이 ｜ 양윤미

발행 ｜ 2023년 10월 20일

펴낸이 ｜ 신중현
펴낸곳 ｜ 도서출판 학이사
출판등록 ｜ 제25100-2005-28호

　대구광역시 달서구 문화회관11안길 22-1(장동)
　전화_(053) 554-3431, 3432　팩시밀리_(053) 554-3433
　홈페이지_http://www.학이사.kr
　이메일_hes3431@naver.com

ISBN_979-11-5854-444-7　03810

🔺울산광역시　　울산관광문화재단
이 책은 울산광역시, 울산관광문화재단 "2023년 울산청년예술 지원사업"의 지원을
받아 발간되었습니다.

사는 게 만약 뜨거운 연주라면

양윤미 시집

學而思 학이사

조용한 절망과 고요한 울음도 곱게 깎아둡니다.
날 좋은 날 쏟아지는 햇빛에 말리면 짙은 숲이 될 테니까요.
구름 속에서도 친절했던 빗방울들에게 감사합니다.

2023년 10월

양윤미

차례

2부 히키코모리

3부 길 위에서 허밍

1부

사는 게 만약 뜨거운 연주라면

그 밤

밤을 잘 깎으면 돈이 되던 시절이었어
엄마는 거실 한가운데 고무 대야를 놓고
산더미처럼 수많은 밤을 쏟아부었지

얼마나 많은 밤을 지새워
그 밤을 다 까려고 했던 걸까

난 그저 옛다, 하며 주는
생밤 쪼가리를 얻어먹으려
턱을 괴고 구경하던 꼬맹이였지
졸다가 깨보면
엄마의 날밤이 한가득 쌓여있곤 했어

그러다 가끔 돈 안 쳐주는
벌레 먹은 밤, 썩은 밤, 못난 밤에다
예쁜 밤을 아낌없이 넣어서
달큰한 밤조림을 해주시곤 했어

엄마를 보내드린 지 한참인데,
게다가 부엌엔 아무도 없는데

밤 졸이는 냄새가 나는 날이 있어
오래된 그 밤이 오도독, 해

달달하게 아린 밤이야

리트머스 종이가 빨개집니다

태어나 보니 가족은 아니었어
나한텐 고추가 없었거든
그래서 모래를 가득 먹었던 거야
동생은 쌀밥과 고기를 먹었고
길게 설명 안 해도 되지?

내 어깨를 치고, 의자를 집어 던지고
이년, 저년 하는 동생과
엄마를 죽여버리겠다며 맥주병을 깨는
아빠의 미쳐버린 눈동자를 볼 때마다
소화되지 못하는 모래를 토했어

못생긴 게, 시집이나 가겠냐?
뱃살도 뺄 겸, 집안 청소 좀 해
말 안 해도 아침밥은 니가 차려야지
큰딸은 살림 밑천이라는데
이만큼 키워 줬으면 생활비라도 내놔

샌드백으로 유지되는 이상한 가족이 있어
기분 나쁠 때, 열받을 때,

일이 잘 안 풀릴 때마다 치고
그러다 샌드백이 훌쩍 떠나버리면
샌드백을 욕하면서 똘똘 뭉치지

그래도 핏줄인데 아직도 옹졸하게,
그때 그 일이 아프냐고 묻는 사람들한테
역겨운 피 냄새가 나

뱃속 깊은 곳에서 리트머스가 소름 끼쳐

숙성

배추의 여정을 상상한다

한없이 내어주던 대지 위에서
굳은 심지로
단단한 몸을 키워오던 배추는
뿌리째 뽑혔을 것이다
날벼락같이
사나운 폭포로 던져졌을 것이다
따갑게 몰아치는 한 주먹의 소금에
눈물이 앞을 가려도
피할 길 없어 조용히, 숨죽였겠구나
호되게 매운 손에 이리 치이고, 저리 치이며
오롯이 견뎌냈을 너의 한 철
자박자박 농익은 냄새가 시큼하다

김치를 꺼내다 말고
내 안에 누운 배추를 본다

너는 몇 번쯤 죽었지
빨갛게 연한 속살로

몇 번쯤 더 죽을 수도 있어

뚜껑을 열고 본다
잘 익어가고 있는가

컵독

컵에 살아요
아니, 컵에 살랬어요 사람들이
자라지 않는 주사를 놓고
몇 알뿐인 식사를 줘요
내가 컵보다 훨씬 작으니
사람들은 안심했어요

양껏 먹길 좋아하던 친구가 있었는데,
사라졌어요
컵보다 더 커지면 사람들은 못 견뎌요
더 큰 컵은 못 준대요
대체 컵이 뭐길래

그래도 내 컵은 아직 광활한 초원
조금만 더 커서 생각할게요
갑갑해지기 전에,
잠 좀 자야겠어요

꿈에,
거대한 친구가 뛰어가요

밖으로,
컵이 필요치 않은 개들이 달려가요

깨우지 말아요 제발,
깨뜨려 주세요

사는 게 만약 뜨거운 연주라면

상처 입은 청춘의 골목
나는 악보를 찢어버릴 용기도 없이
가슴속 환멸을 튕기며, 불협화음처럼
불공평한 세상의 건반을 벗어나려 했다

셀 수 없는 마디를 찍고, 페이지를 뛰어넘을 때마다
주어진 악보에서 멀리, 벗어나고 있다고 착각하면서
십육분음표와 십육분쉼표 사이를 헐떡이며 달아났다

포르테에서 한없이 악을 쓰고
리타르단도에서는 하염없이 약해졌다
하얀 건반과 검은 건반에 걸려 넘어지지 않으려
또 다시 넘어질까 봐 온 힘을 다해 계속 도망쳤다

숨을 몰아쉬며 옥타브를 넘나들다가
페달에 막혀 치고 나가지 못하는 나에게
까만 눈의 도돌이표가 나지막히 속삭인다

우린 모두 허무의 바탕에 빛나는 별,
빛나는 선율이라네

다시 상처 입은 달세뇨로부터
더 이상 도망치지 않고 피네를 향해 걷는다
사는 게 만약 뜨거운 연주라면 뜨거운 연주자로,
손과 발이 닿는 곳 어디에서든

유일한 노래가 되어 보려고

지각

나는 자주 늦었다 아니, 쭉 늦었다 지각 대장으로서 깨달은 게 있다면, 변명할수록 더 혼난다는 사실, 지각을 하면 일단 사과부터 하자 고개는 숙이고, 눈은 내리깔고, 때리면 달게 맞겠다는 심정으로

출발지에서는 살림이 부서지고 맥주병이 깨지고 엄마 입술 에서 가끔 피가 흘렀다 술에 취한 아비에게 나는, 그를 골탕 먹이려고 태어난 멍청한 딸년이었다 단 하루도 푹 잘 수 없는 열 살은 출발할 수 없었다

인생이란 경기는 무슨 수를 써서라도 나이에 맞게 달려야 하는 법 스무 번째 결승선에서 길을 잃었다 팔자 한번 더럽게 화려한 엄마가 사고로 죽어버렸고, 베트남 여자와 두 번째 결 혼식을 올린 아비는 돈도 염치도 없었다 내 지갑을 빼앗아, 키워준 값을 정산했다

집에서 기어 나와 수없는 담벼락을 기어 넘었다 손톱 빠진 사람들이 모여 사는 고시원에서, 늦어도 한참 늦은 출발을 했 다 안 가면 병신 기권은 곧 죽음, 발톱 빠져라 달렸다 다시 자 란 손톱은 기형이었다 조금 더 단단해진 서른의 손톱에 별을

그러넣었다

　온 힘을 다해, 스물다섯 번째 결승선을 통과했다 누군가 박
수를 쳤고, 그와 결혼했다 나약한 핑계를 혐오하는 심판들이
호통을 친다 근성 부족입니다 이따위로 달릴 거면 기권하세
요 항상 늦는 지각생은 할 말이 없어, 손이 발이 되도록 싹싹
빈다 죄송합니다 죄송합니다

　제시간에 나온 스물이 자가용을 타고, 준비된 서른이 비행
기를 타고 달려 심판 자리에 앉는다 출발이 늦은 나는 지금도
뛰고 있다 젖 먹던 힘 다해 아이 둘을 업고, 서른일곱 번째 결
승선에서 탈진,

　그래도,
　기권은 안 합니다

거울

아이가 라면 맛을 알아버렸다

물려받은 요리 비법 따위 없어서
콩나물 다듬고, 양파 썰어 넣고
스프는 반만, 계란 하나 툭
싱거운 삼류 요리를 끓인다

헤벌쭉 웃으며
가르쳐준 적 없는 면치기를 하는 아이
엄마도 이 야무진 손녀를
하늘에서 지켜보고 계실 테다

갈매기 같은 눈썹, 오동통한 볼살
뒤통수 짱구에 머리숱 적은 것까지
나를 쏙 빼닮은 녀석

콧잔등에 송글송글 맺힌 땀방울은
꼭 울 엄마 같네
짭쪼롬한 물이 차올라 고개를 든다

영문을 모른 채 바라보는 두 눈이
그림처럼 나를 비춘다

고작 그거 하나 말해주려고

까만 한복을 입고 꾸벅, 인사를 했어 친구가 내 손을 잡고 우는데, 모든 게 꿈인 것만 같더라

못된 할미가 상을 뒤엎고 울 엄마 영정 사진에다 욕을 퍼부 었어 자기 집 귀한 아들 홀애비 만들었다나, 마누라 멱살이나 잡던 애비 새끼도 할미한텐 귀한 자식이구나 싶어 헛웃음이 났어 욕이나 실컷 퍼부어 줬어야 하는 건데

안타깝게도, 스무 살 애송이는 한 마디도 못 했어 목구멍에 다 돌을 쑤셔 넣었는지 목소리도 안 나오고 기가 막혀서 눈물도 한 방울 안 나오더라 울지 못하는 병에 걸렸었나 봐

한바탕 지랄이 풍년이었고, 난 한없이 구겨져 있던 밤이었 어 볼 꼴 못 볼 꼴 다 본 손님들은 집으로 돌아가고, 난 허기 도 잊은 채, 구석 방에서 깜빡 잠이 들었지

평생 잊지 못할 짧은 꿈을 꿨어 탁, 탁, 탁, 탁, 누군가 헐레 벌떡 달려오더라 끼익, 탁, 하고 방문이 벌컥 열리는 거야 헉, 헉, 하면서 숨을 몰아쉬는데, 우리 엄마인 거야 참 야속했어 벌떡 일어나 안기지도 못하고 꿈에서 깨버렸거든 겨우 한 마

디만 들려주고 가버릴 줄이야

  - 밥은 챙겨 먹어야지

  눈물 같은 게, 그제야 터지더라 엉엉 울고 난 다음에 밥 한 공기 싹싹 비웠지 아무리 슬퍼도 배는 고픈 거더라고

  딸래미 둘 낳고 보니 헤아려지더라 고작 그거 하나 말해주려고 먼길 가다 돌아온 그 마음

촬영 종료

화면 속, 미동이 없는 아기 곰을 봤어
주먹만 한 자궁에 표류하는 5밀리미터짜리 시신

너를 꺼내기 위해 두 팔을 묶었다
무의식 속에서 산모들은 어떤 몸부림을 치는 걸까
곧 의식을 잃었고

달리 생각나는 말이 없어 행복이라 불렀던 너와
싸늘한 수술실에서 안녕,

하루종일 누워 지냈더라면,
아무 데도 나가지 않았더라면,
좀 더 빨리 알아챘더라면,

울음도 없이 간 너를 훨훨, 날려보낼 수 있었을까

백 번을 돌려봐도
변하지 않는 시나리오

답을 몰라도

밑 빠진 독을 선물 받았다
나의 의지는 아니었다

꼼꼼하게 구멍을 막아 놨는데도
물만 부으면
갈라진 틈 사이로 모조리 빠져나가고
없다

선물 받은 물건을 홀대할 수도 없고,
흘러내리는 물을 가만히 바라보다가
별수 없이
다시, 물을 길어온다

이번 생에는 알 수 없을 질문들에 대하여
실컷 퍼붓는다
잠깐 차올랐다가 없다

깨진 항아리에서 흘러나오는
축축한 물길을 따라

소리 없이 꽃이 핀다

저기요 불행 씨

방문해 주서서 감사하다고 환대할 깜냥은 아니어서요
다시는 마주치기 싫었는데 왜,
또 오십니까

주인은 손님을 극진히 대접할 의무가 있어요
그런데 제가요
불청객에게도 상냥한 인격은 아니어서요
영문도 모른 채 이 몸의 주인이지요

위선을 떨까요, 위악을 떨까요
출입금지를 못 하니 폐업할까요
끝끝내 다 지나간다 하여도,
배웅한 지 얼마나 됐다고 또 오십니까

미천한 제가 당신의 철학 따위 알 리 없죠
헌데 제 주제는 알고 오신 겁니까
저는 시지프스가 행복했을 거라고 믿는 사람이에요
피하지 않는단 뜻이죠

한 번뿐인 이 가게에 정들었거든요

무거운 당신에게, 밀리지 않고 내딛겠습니다
헤어질 땐 산뜻하게,
밀리 안 나갑니다

- 주인백

그림자 마임

모두가 자기 그림자 하나는
우뚝, 밟고 서 있더라

텅 빈 지갑이 되자

텅 빈 지갑이 되자

부끄럽고 초라해지자

돌밭이 되자

아무짝에도 쓸모없어지자

말라비틀어지자

쪽팔리게 구걸하자

빚만 잔뜩 지자
.
.
사랑만 갚고 살게

자세 교정

몸은 거짓말을 하지 않는다
자주 쓰고 예뻐하는 근육
쓰지 않고 홀대하는 근육
써야 하지만 회피하는 근육
쓰지 말아야 하는데 가까이하는 근육
몸을 지탱하는 근육도 거짓말을 못 한다

굽은 목, 굽은 어깨, 구부러진 등
고집스럽게 위태로운 곡선을 본다
무게 중심이 틀어진 채
편향된 힘에 젖어 산 증거
하늘을 향해, 옹졸한 가슴을 열고
웅크린 어깨를 천천히 편다

여기, 이 부분에 힘을 주세요
힘을 주지 않으면 원점으로 되돌아오는 싸움
조금만 더 버티세요
아슬아슬한 줄다리기가 치열하다
굳은 근육에 시도해 보는 심폐소생술
온 몸에 맺혀오는 땀방울

투명한 거울 속에 뻣뻣한 몸이 부들부들 떨고 있다
끈질긴 떨림 끝에 찾아낸 균형점
치우친 몸뚱이를 더욱 낮게 숙여
겸허히 깊은 숨을 내쉰다
타성에서 벗어나는 한 발

기꺼이 중력을 거스르는 그림자
순응해 온 시간보다 빠르게
갈망하는 심장으로 버틴다
애써 배워야 먼 훗날이 있으리니
그래,
반걸음을 걸어도 똑바로 걸어가야지

인생 카페

비 오는 저녁, 배고픈 여자 하나가 카페로 들어선다 외로움
과 괴로움만 남은 카페, 그녀는 한참을 망설이다 외로움을 산
다 외로움을 까먹으며 비가 그치길 하염없이 기다려 보다가
카페 주인에게 우산을 빌렸다

등이 구부정한 노인이 괴로움만 남은 카페에 왔다 진열대
를 물끄러미 바라보다가, 함께 온 아들에게 괴로움뿐이라 말
했다 물이 떨어지는 우산을 든 아들이, 정말 괴로움뿐이냐 물
었다 노인은 희미하게 웃었다

눈 내리는 오후, 앞 못 보는 꼬마 하나가 아빠의 손을 잡고
들어왔다 괴로움과 외로움을 쓸어 담는 남자 곁에서, 아이는
우연을 찾았다 같잖은 희망이 아닌, 타고난 재능이었다

다시 인생 카페에 아침이 찾아오면, 외로움, 괴로움, 우연,
초콜릿이 채워진다 너무 쉽게 찾으면 선물일 수 없어서, 주인
은 우연을 꼭꼭 숨긴다 비가 오나 눈이 오나 초콜릿을 찾는
손님이 제일 많아서, 도둑맞는 일도 비일비재하다

정산이 안 맞을 때마다, 카페 주인은 외로움과 괴로움을 사

간 손님들에게 사은품을 보내곤 했다 우산을 빌려 간 여자는
수십 권의 소설을 받았고, 병세가 악화되던 노인은 평온한 죽
음을 맞이했으며, 꼬마의 아빠는 눈 맑은 여인을 만나, 초라
한 가정을 이루었다

　기적이나 요행 따위 없는, 값진

자유이용권

놀이공원에 가고 싶어요
귀여운 머리띠를 쓰고 화려한 퍼레이드를 볼래요
즐겁게 소리 지르는 사람들에게 손 흔들어 줄래요
사진 찍어 줄래요
솜사탕도 사먹을래요

맞아요, 놀이공원은 놀이기구 타는 곳이에요
놀이기구를 못 타는 저와는 어울리지 않지요
바이킹은 정중히 사양하는 저는
놀이공원이랑 안 맞을지도 몰라요
기분 내려고 고작, 회전목마나 타는 주제랍니다

그런데도 놀이공원에 온 제가 이상한가요
놀이기구를 못 타서 돈이 아깝겠다니요
그쪽이 내준 것도 아니잖아요
전 나름 즐거운데요

학창 시절, 멀미가 엄청 심한 애가 있었어요
그 앤 산소호흡기를 달고 수학여행을 갔어요
울산에서 설악산까지 구급차를 타고 갔어요

관광버스 옆에 구급차가 나란히 달려갔지요

이상하게 들릴 수도 있어요
그 애는 놀고 싶어서 구급차를 부른 거예요
후회 없는 선택이었는걸요
수학여행이 퍽, 좋았어서 그 애는 행복했을 겁니다

저는 놀이공원을 좋아해요
타는 사람 구경이나 하면서
손이나 흔들고, 사진이나 찍고
솜사탕이나 먹고 앉아 있다가
떠들썩한 퍼레이드를 구경할게요

행복할게요

2부

히키코모리

폭소

기름기 번들번들한 얼굴로 고급 승용차를 모는
부자들에게 관대한 성직자가 있었다
부족한 점 하나 없는 그의 감동 설교에

가난한 성도들이 많이 울었다

뭐든지 뚫는 창과 뭐든지 막는 방패를 팝니다

공모전 원고 들어온 것 좀 볼게요
어머, 명함을 붙여두셨네
이 사람들 다 탈락시켜요
표지 외에는 이름 적지 말라고 했는데
규칙 위반이잖아
본인들 이름을 알면 평가가 달라지나?
우린 순수하게 글만 볼 거잖아요
안 그래요?

참, 계간지 편집할 때
작가 소개에 학력은 빼기로 해요
학벌로 힘주는 거 폐단이에요
글만 보자구요 혁신적으로
실력과 간판은 달라요
시대에 맞게 세련되게
어디로 등단했는지 그거 하나만 적는 걸로 해요

중요한 명함이니까

크리스마스 이브의 행간

2022년 12월 24일, 23시 30분,
  전국에 강풍 경보가 발효되었습니다
  노약자나 장애인 등이 있는 가정에서는 비상시 대피 방법
과 연락 방법을 가족 또는 이웃 등과 미리 의논합니다 유리창
근처는 유리가 깨지면 다칠 위험이 있으므로 피하도록 합니
다 쓰러질 위험이 있는 나무나 전신주 밑은 피하고 안전한 건
물로 대피합니다 바닷가는 파도에 휩쓸릴 위험이 있으므로
나가지 않습니다 공사장 등 물건이 날아오거나 떨어질 위험
이 많은 곳에는 가까이 가지 않도록 합니다 강풍이 불 때는
다른 차와 거리를 유지하고, 강한 돌풍에 차량이 차선 밖으로
밀릴 수 있으니 주의해야 합니다 언제나 비상시에는 가족 또
는 이웃 등과 의논하시기 바랍니다 예기치 않은 천재지변 속
에, 당신을 혼자 두지 않도록 합니다 부득이하게 혼자인 분들
은 부디, 스스로 알아서 안전하게 잘 대피하시기 바랍니다 이
상, 행정 안전부에서 알려드렸습니다 끝

감자 다섯 알

누구도 거들떠보지 않는
거리 모퉁이에 누운 천막
노인이 끙끙거리며 고물상에 끌고 갔다

삼천 원
꼬깃꼬깃한 손가락을 펴서
나오지 않는 침을 뱉어 세어보다가
절도 혐의로 서게 된 법의 심판대
기나긴 공방 끝에 무죄

다음엔 유죄였다
아파트 재활용 수거장에서
소주병을 가슴에 품고 갔으니,
무식한 노인이여
무지한 죄로 벌금 오십

달에 삼십 나오는 노령연금에서
빠듯하게 모아 이십을 갚아도
남은 삼십이 버겁기만 하고

아무도 눈여겨보지 않는 거리
폐지 줍는 노인 하나
달팽이 닮은 리어카가 오늘 월척이다
잊었던 콧노래 흘러나오고

콩나물을 살까
두부를 살까
십여 년 전 연락 끊긴 처자식들
오늘 저녁엔 무얼 먹을까

상자 몇 개 남기고 허리 한숨 편다
벌건 노을, 아스라이 흔들리고
하얀 머리, 바람에 일렁인다
차곡차곡 쌓이는 상자 사이로
굴러떨어지는 감자 다섯 알

아닙니다 절대,
절도가 아닙니다
저는 감자를 보지 못했습니다
박스 주워 먹고 사는 저는

그냥 폐지 줍는 할아버지입니다
믿는 이 없어 다시 벌금 오십
도합 팔십이다

돈을 못 내서 쫓기는 지명수배자
식도암까지 걸린 노인에게
죽음이 먼저 올까
경찰이 먼저 올까
노인은 알지 못한다

해가 들지 않는
반지하 단칸방에 숨어
잘 보이지 않는 눈을 껌뻑댄다

소주병 하나가 십만 원이고
감자 한 알이 십만 원이야 하는데

듣는 사람이 없다

완벽한 타인의 신발

점점 늘어나는 벌레들을 잡을 친환경 대처 방안을 주제로 곤충학자, 고생물학자, 생태학자 및 인류학자들이 모인 포럼이 진행 중입니다 사회학자 김타인 교수에 따르면 벌레들의 개체 수를 줄이는 방안을 마련하여, 시민들과 함께 살아갈 수 있는 대응전략을 모색하고 있다고 합니다

사람보다 벌레가 더 많아질까 봐 두려움에 떠는 시민들 사이에서, 독극물을 이용하여 단번에 없애자는 주장이 나오고 있는데요 징그러운 벌레를 옹호하는 집단도 늘어나는 추세여서 이해관계의 충돌이 거세질 전망으로 보입니다 모쪼록 빠른 시일 내에 해결책이 나와주길 간절히 기다리겠습니다

다음 소식은 화제의 영화, 화제의 감독입니다. 영화 평론가 한타인 선생님 안녕하세요 오늘은 어떤 영화를 들고 오셨나요? 네, 오늘 소개해 드릴 작품은 "동거"입니다 이 작품은 프랑스 영화계의 떠오르는 샛별, 빅타인 감독의 영화로, 황금종려상과 아카데미 작품상을 휩쓴 올해의 수작입니다

영화에 등장하는 벌레와 벌레의 유충들이 한국과 아주 유사한 탓에, 우리나라 관객 평점도 대단히 높습니다 영화의 첫

장면은 벌레처럼 일만 하는 이백충과 삼백충이 길거리에서 생활비 때문에 다투는 모습으로 시작하는데요 건너편에 서 있던 급식충 무리 속에는 두 사람의 아들이 서 있습니다 그런 데 갑자기 사라진 아들, 아이는 어디로 가버린 걸까요

빅타인의 영화 속으로 함께 들어가 보시죠

술은 마셨지만, 음주 운전은 아니에요

안녕하세요, 지금 이슈가 되고 있는 엑스입니다
우선, 저는 학창 시절 소위 말하는 노는 무리가 맞았습니다
세 보이는 것이, 남들보다 우월한 것이라 착각했었습니다
해서, 남에게 피해를 끼쳐왔을 수 있음을 인정합니다
동그라미뿐만 아니라 모든 동창생들에게 진심으로 미안합
니다

하지만 단순히 재미를 위해, 집요하게,
오랜 기간 동안 누군가를 짓밟은 적은 결코 없습니다
사실이 아니라는 증거는 없지만, 사실이라는 직접 증거도
없습니다
목격자의 진술 말고는 증명할 게 없으니, 이는 명백한 모함
입니다
하루아침에 악마가 된 저는 억울해 미칠 지경입니다

네, 발로 찼던 건 사실입니다
휴대폰 당번이었던 저는 우연히 동그라미 폰에 온 문자를
보았고,
동그라미의 학교 생활과는 전혀 상반된 내용에 어이가 없
어,

크게 웃으며 교실 내에서 큰 소리로 읽어주었습니다

그러자 동그라미는 저를 밀치며 휴대폰을 낚아챘습니다
친구들이 보는 앞에서 엄청난 수치심을 느낀 저는,
서러운 마음에 동그라미를 발로 찼습니다 인정합니다
허나, 특수폭행 고소건은 증거 불충분으로
혐의 없음이라는 법적 판결을 받았습니다

동그라미는 기억도 안 나는 동창생 중의 하나일 뿐입니다
어린 시절부터 소외된 학창 시절을 보내왔을 동그라미가
정신질환을 앓는다 하여
안타까운 마음에 그동안 대응하지 않았을 뿐입니다

동그라미를 도와,
악의적으로 진술서를 적은 동급생들에게는 너그럽게 선처
하겠습니다
철없던 시절, 저로 인해 상처받은 분이 계실지도 모르기 때
문입니다
아니 땐 굴뚝에 연기 날 리 없다는 점 마음에 새기고,
절대로 남에게 폐 끼치지 않으며 반성하고 살겠습니다

제 잘못된 학창 시절이 불씨가 되었던 점만큼은 부득불 인정합니다만,

　저는 기억나는 것이 아무것도 없습니다

　정말로 기억나지 않겠습니다

　사실이라 한들, 학교폭력 공소시효는 이미 지났습니다

　굉장히 오래된 과거의 일을 마치,

　지금 눈앞에서 일어난 일처럼 또렷하게 기억하는 동그라미가

　제정신으로 보이시나요?

수남 벚꽃길

꺾이지 않는 푸른 꿈들이 하나둘,
크고 작은 가지를 뻗어 손을 맞잡고
해방된 조국을 묵묵히 심었습니다
빼앗긴 봄을 되찾는 긴긴 여정을 위해
겨울의 언 강을 뚜벅뚜벅 걸어갔던 건
자유를 갈망하는 뜨거운 꽃잎이었죠

마침내 찬란한 봄에 이르기까지
한 작은 걸음도 허투루 딛지 않았음을
곳곳마다 새겨넣은 작천정 수남 마을
백 년 된 거목 올곧게 뻗은 큰길에
꽃들로 그려간 역사의 나이테를 따라
나무들의 환한 웃음이 피어납니다

길에도 봄이 한가득 흐드러집니다

2023년의 속도

나무가 쓰러지자 새들은 날아갔고
식물들도 더 이상 씨앗을 퍼뜨리지 못했다
굶주린 곤충들은 말라죽었다
빈 둥지에 앙상한 깃털이 울고,
도시의 새들은 빌딩에 부딪힌다

더러운 강물은 바다로
플라스틱을 실어나르고
비닐봉지를 뒤집어쓴 거북이가
뭍으로 와 눈을 감았다

나무를 베어버린 손으로
죽은 고래의 배 속에서
스티로폼, 그물, 깡통을 꺼내봐도
살려낼 순 없다

사방에서 부는 신음에 귀 먼 땅에서
눈 먼 북극곰들이 쓰레기를 뒤진다
다 같이 잠기는 중이다

수면 아래로
브레이크 고장난 차가 달려간다

트루먼 쇼

파란 하늘과, 그 아래 늘어선 빌딩 숲
테라스에서 매일 보는 풍경인데
언제 봐도 질리지가 않네요
바람도 시원하고,
날씨마저 눈부신 아침입니다

오늘은 럭셔리 테이블웨어에
모닝커피를 담아봤어요
남편이 해외 출장 갔다가
제 생각이 나서 사왔다는데,
고급스러운 장미 문양 덕분일까요
커피가 더 향긋하게 느껴지네요

쿠키도 같이 담아봤어요
옆집 언니가 명품 베이커리 사장님이잖아요
종종 쿠키랑 빵을 나눠주시는데
받기만 하기 너무 미안한 거 있죠
향수 모으는 게 취미라던데,
신상 하나 사드리는 것도 센스겠죠?

백화점에 들렀다가 장도 좀 볼 거예요
남동생 식구들이 입국했거든요,
엄마 생신도 있고 겸사 겸사
우리 집에서 다 같이 모이기로 했어요
한동안 집이 시끌시끌할 예정입니다
픽업은 남편이 알아서 해 줄 거예요
언제나 든든한 내 편, 늘 고마워요

저녁 만찬을 뭐로 할까 고민 중인데,
추천 메뉴 있으시면 알려주세요
부족한 솜씨지만 열심히 만들어볼게요
우당탕탕 요리도 라이브도 직관하세요
구독, 좋아요, 알림 설정 잊지 마시구요
그럼 또 봬요

가을이 되고 싶다

곱게 물든 가지
아직 아픈 가지
여러 가지를 품은 느티나무 앞, 벤치에 앉았다

간혹 툭, 떨어지는 나뭇잎
푸드득, 날아가는 새의 날갯짓
꺄르르, 웃으며 맞은편에서
솔방울을 줍고 있는 아이들

싸르륵, 밟히는 낙엽의 반대편에서
퇴적되는 봄의 변주처럼,
아름다운 가을은 요란하지 않다

무성한 가을의 푸근함에 기대어,
열매 따위를 맺고 싶다

이룰 수 없는 것도 꿈이라면
시들지 않는 가을이고 싶다

가본 적 없는 거리에서 길을 잃어요

지도랍시고 손에 쥔 건
오래된 일기장,
그리고 낡은 나, 그뿐이에요

좁은 골목 끝에서 더없이 머뭇거려요
기억도 안 나는 모퉁이를 돌 때엔 어지러워요
모서리에선, 중심을 잘 잡아야 합니다

전봇대는 종이의 잔혼으로 자주 앓아서
새 종이로 가림막을 만들어요
본 적 없는 내일을 의연하게 지나쳐요

앞에 강이 흐르는 마을 언저리에서
우리, 쓰다 만 페이지를 꺼내 읽어요
자연스럽게 바람이 불고 있습니다

부는 바람에 강이 흔들리는 걸
대수롭지 않게 바라봅니다
우리의 강도 바람을 타고 흘러갑니다

비극의 책장

사람이 지하철 문에 끼여 죽고
컨베이어 벨트에 끼여 죽고
용광로에 빠져 죽고
반죽 통에 빠져 죽었다는 책을
노란 리본이 달린 책장에 곱게 넣었다

친구를 죽이고, 연인을 죽이고,
학생을 죽이고, 선생을 죽이고,
여사를 죽이고, 남자를 죽이고
부모를 죽이고, 자식을 죽인 비극을
끝까지 읽을 수 없어 곧바로 덮는다

죽음의 마침표 즐비한 책장에
더 이상 새 책은 태어나지 않는다
한 권만 찍어내도 돈을 주겠다는 광고들
시궁창처럼 번지는 눈물의 행간을
손수건 없이는 건너지 못한다

그러나 그중 가장 큰 비극은
천만 가지 고결한 눈물 속에서도

자기 손수건 하나 적실 줄 모르는

완벽한 오만

판도라의 상자

헨젤과 그레텔의 아빠는 손수 애들을 버렸어
콩쥐 아빠는 아동학대를 묵인했고
나무꾼은 몰카를 찍었지
벨은 아비의 잘못으로 야수의 성에 갔고
심청이는 아빠를 위해 바다에 몸을 던졌어
성냥팔이 소녀는 백린의 환각 속에 죽었지

　푸른 수염과 아라비안 나이트 왕의 공통점은 둘 다 남자라
는 사실
　더 소름 돋는 공통점은 꼭 여자만 죽인다는 것
　참, 장화도 홍련도 죽임당했지

　신데렐라에 나오는 왕자는 신하에게
　유리 구두에 딱 맞는 여자를 찾아오라고 했어
　프레임에 꼭 맞는 발 말야
　인어공주에 나온 왕자는 생명의 은인을 못 알아봐
　세상엔 신의를 저버릴 때 얻는 것이 꽤 있거든

　상자를 열고 자세히 들여다봤어
　오래오래 행복하게 살았다는 거짓말이

글쎄, 우릴 기만한 건 아니더라
지켜주려고 했지

보다 더 나은 이야기를 위해

인터스텔라

시끄러운 고깃집 티브이에
코미디언이 나와 술잔을 들고 외친다
너희는 늙어봤냐?
나는 젊어봤다!

위트 있는 건배사에 쏟아지는 환호성
무르익은 분위기에 고기도 절로 익고
아직 앳된 젊은이와 주름진 늙은이의
붉은 뺨들은 더욱 붉어지고

정열을 다해 취해보는 젊은이와
사력을 다해 젊어보는 늙은이가 모여 앉아
출렁이는 잔을 들고 외치는 건배사
너는 나의 과거,
당신은 나의 미래,
우리의 지금을 위하여!

세련된 개그가 휩쓸고 지나간
푸른 밤, 가슴에 남은
찰나의 인터스텔라

아침은 불온하다

알람에 몸을 일으킵니다

창문을 활짝 엽니다

힘껏, 이불을 털어 갭니다
(이불을 개지 않고 다음으로 넘어갈 순 없어요)

세수를 하고, 물을 한 잔 마십니다

소박한 아침 식사를 합니다
(갓 지은 밥을 추천합니다)

외출 준비를 합니다

그리고 새 하루에 승선하세요

하루도 빠짐없이 그러세요
일곱 가지 루틴만 잘 지키신다면
멀미가 날지도 모른다는 불안에서 해방되실 겁니다

등껍질이 간지러워요

어미 거북은 최선을 다했을 거예요

너무 깊거나 딱딱하지 않고,
쉽게 파지거나 쓸려가지 않고,
만조의 해변에서 적당히 멀면서,
해안에서 적당히 가까운 곳을 찾아냈으니
그야말로 최고의 산란이죠

아기 거북도 최선을 다할 거예요

태어나기 위해 알껍질을 깨부수고,
어미가 덮어둔 구덩이를 빠져나와
바다에 이를 때까지, 달릴 겁니다
거북이에게도
기어간다고 말할 수 없는 순간이 많아요
그들에게 땅이란 그런 곳이니까요

거북이가 되어 보신 적 있나요?

바다로 가는 도중에

게와 갈매기, 도마뱀, 함정 같은 사람의 발자국을 만날 겁
니다
　그러니까 물에 닿기란 여간 힘든 일이 아니에요
　본능적으로 아기 거북은 한낮을 피해, 달빛을 따라 내달리
겠죠
　제 몫을 다하여, 멈추지 않고 나아갈 겁니다

　그야말로 최고의

히키코모리

놀라지 마
이 끝에서 저 끝까지 온통 벽이고
시멘트 벽 뒤에 곰 한 마리 있는데
손바닥만 한 창문 하나로
겨우 손 하나 내밀 수 있어

이것저것 묻지도 말고
창문 안으로 기웃거리지도 말고
원하는 메뉴 한 잔 주문하고 기다려
서툴지만 착한 곰이 정성스레 만들어 줄 거야
물과 에스프레소 샷의 정교한 비율과
각얼음에 어울리는 컵 홀더의 색깔과
그날의 날씨를 닮은 빨대의 각도까지
곰은 도무지 그냥 넘어가는 법이 없어
흉터가 많은 곰들은 그래

제 발톱에 누가 다칠까 봐 잔뜩 웅크린 곰들은
자기가 곰이면서 곰이 싫대
벽 안에서만 사니까 자주 아프기도 해
창 하나만 내잔 말에 얼마나 겁을 먹던지

입술을 꽉 깨물어 피가 나더라

너를 무척이나 닮은 곰이
좁은 창으로 살포시 음료를 건네 줄 거야
한참을 애써 만들었으니
감사하다고 말해준다면 감사하겠어
손 내미는 것도 매번, 출혈일 테니까

억지로 꺼내질 수 없는 곰 하나가
언젠가는 분명
벽 너머로 나오겠지

창을 내줘서 고마웠다고 말할지도 몰라
그럼 나도 사실대로 고백해야지
처음부터 벽은 없었어, 라고

3부

길 위에서 허밍

딱 한 귀

무대 뒤에서

딱 한 귀를 만난다

주인공들은 다 똑같다

중얼거리는 한숨, 폭발하는 혼잣말, 나직한 비명들은 모두

완벽한 모놀로그였대도

삶의 무대는 계속되는 법이다

딱 한 귀에게만큼은, 숨탄 말들을 털어두고,

다시 숨가쁜 무대 위로 올라가는 것이다

열망

미동 없는 찌를 예의 주시하는
낚시꾼들의 숨소리가
물속에서 노니는 별들의 음악에
변박을 준다

강천일색
각막 위에서 별들이 유영한다

남루하고 초라한 행색으로
묵직하게 앉은 이들이
빛난다

* 2021. 《시인의 시선》 등단작

누룽지 한 그릇

찌개 하나, 계란 하나, 김 하나, 김치 하나
소박한 저녁 밥상 수저 소리 잦아들면

오래된 사발에 무심히 담아 툭
누룽지 한 그릇 밀어주는 온기

죽도 밥도 아닌 거무튀튀한 탁한 국물
목구멍으로 훌훌 넘겨 하루를 삼키고

밍밍하니 담백한 맛, 입을 데우고
가슴을 데우고 집을 데우면
떠오르는 파란 달

누룽지 한 사발로 마치는 별것 아닌 하루
그런 시답잖은 매일을 나는 기도하네

밥솥 바닥에 눌러붙은 탄 밥알
구수하게 우려낸 진국 한 사발

사과나무

사과나무가 갈치를 굽는다
까치발 들고 힐끔거리는 새끼들
단단한 가지 위에 깃들고

갓 구운 생선 식을까
후다닥 가지를 펼친 나무
맨손으로 뚝딱, 살을 발라내는 솜씨가 일품이다

한입 가득 오물거리는 새들을
흐뭇하게 보는 것도 잠시,
전문가도 가끔은 실수를 한다

잔가시 하나에 목이 찔려
엉엉 우는 아기새 하나
어르고 달래느라 진땀을 뺀다

미처 발라내지 못한 가시가 못내 미안해
사과하는 엄마 나무에
오늘도 사과가 한창이다

공통점

누워서 울 줄만 알고
똥오줌 싸는 게 일이었을 아이
떠먹여 줘야 겨우 먹고
잡아줘야 겨우 한 걸음 뗐을 아이
한없이 순수해서 사랑스러웠을 아이
누군가에겐 세상이자
그 세상의 전부일 작은 아이의 외침

엄마! 아빠!

횡단보도 건너던 할머니 할아버지
멈춰 있던 오토바이 아저씨
장바구니 든 아주머니
통화 중이던 회사원 무리
유모차 밀던 아기 엄마
기저귀 가방을 멘 외국인 아빠

전부,
뒤돌아본다

퇴근길

끓어오르는 냄비 속에
쏟아지는 박수갈채
우르르 모여든 물방울의 함성에
회색 찌꺼기가 연기처럼 사라지고

10분이면 돼
춤 상대는 있으면 좋고, 없어도 그만
지저분할수록 유리해, 보람 있어
뽀얗게 분칠한 얼굴로 다시 태어나려면
한바탕 발가벗어야지
꽁꽁 숨겨봐야 냄새는 못 빼

누렇게 때 탄 행주의 춤
뜨거운 물보다 빠르게
빙그르 솟아오르는 화려한 몸놀림

하얗게 말간 얼굴이 꿈처럼 환하다

여행의 목적

기차를 타고, 긴 여행을 떠나자
어디서 얼마나 머물지 정하지 말고 가자

망설이지 말자
내리고 싶은 역에 내려서
원하는 만큼 머물기로 해
돈이 떨어지면 거기서 할 수 있는 일을 하자

많은 돈이 필요친 않을 거야
여행지에선, 엥겔지수가 높아도 행복하잖아

가본 적 없는 바다에 발을 담그고
올라가 본 적 없는 산을 오르자

간혹, 배탈이 날 수도 있겠지
새로운 친구를 만나려면 그래
새로운 내가 되어야 하니까

긴 여행에서 돌아올 쯤이면,
떠나지 않아도 설렐 수 있을까?

몽돌

잔물결이 이는 바다
파도는 이따금씩 갯바위를 두드리다 물러난다
덩치를 키워온 파도에 돌들이 차르르 휩쓸려 가면

귀퉁이가 떨어지고
모서리는 깎이고
면면이 닳아, 없어진다

선을 넘지 않는 공평한 시간이
희게 부서지는 바다

한 차례 포말처럼 사라질
변덕스런 세월에
뾰족한 인생이 둥글어진다

손길

세상의 많고 많은 길 중에
제일 환한 길 하나

누군가 내밀었던
손길 하나

봄꽃

사진 찍는 젊은 커플
등산복 차림의 중년 부부
주인보다 앞서 걷는 강아지
유모차에서 잠든 아기

바람의 반대편으로
신나게 달려가는 어린 딸들을
쫓아가는 우리

지구 무료 산책

눈, 산
별, 비
햇살, 바람
달, 바다
해바라기, 바위
들풀, 민들레
솔방울, 도토리, 흙

쟤들은 어떻게 벅고 사나
돈 한 푼 안 벌고도
어찌 그리 살아있나
궁금해지는 것들은 힘이 세다

신발을 벗게 하고
양말도 벗게 하고
흙을 밟고 걷다가
기어코 물속에 발을 넣게 한다

따뜻한 볕을 쬐다 보면
어느새, 훌훌 벗어던진다

나그네가 그랬던 것처럼
나도,

외투를 벗고 만다

두 번째 식집사의 애티튜드

아무렇게나 가지를 치고
마구잡이로 위치를 옮기고
과습, 건조, 냉해도 모르는 식집사를 만났었나 보다

거뭇거뭇한 뿌리가 물컹해
녹아내리고 있어
몬스테라야, 흙으로 돌아갈 작정이니?

아프겠지만, 썩은 건 미련 없이
모조리 절단할 거야
물 한 모금 마실 정도만 남겨 둘게
그래야 살아

새까만 눈자리야
실낱같은 뿌리 하나만 내주렴

다른 온도,
다른 습도,
다른 바크 속에서

다시 시작할 수 있는 푸른 꿈을
기다리고 있을게

빨래를 부탁해

늦은 밤, 빈칸 속에는
미처 널지 못한 빨래들이 있다
베란다 바닥에 흥건한 검은 얼룩을 밟고
세탁기 뚜껑을 열면
뒤엉킨 빨래들이 벽에 달라붙었다

무거운 옷가지들을 끌어안고
허리를 숙여 동그란 창을 연다
마르지 않은 이야기들을 집어 넣으면
찌그러진 무지개가 굴러떨어지고
가벼워지는 시간엔
읽히지 않은 구겨진 책들을 편다

배운 적 없는 말들이 보송하다

마음이 저만치에서

한 달 생활비가 육만 원이라고 해서,
열 살짜리 인도 아이, 아닌에게 매달 육만 원을 보냈어요
십 년 정도는 돕고 싶었어요
세상에서 제일 쉬운 게 돈으로 해결되는 일이라잖아요
십 년이면 720, 그깟 돈으로
누군가의 세상에 보탬이 되기로 했어요

정기적으로 감사 편지가 왔지요
미혼에 무자식인 주제에 아닌의 안위에 뿌듯했어요
한 번도 본 적 없는 아닌의 키가 자라고 몸이 자라고,
저의 마음도 자랐습니다
상황이 달라지기 전까진 말이에요

아닌이 너무 쑥쑥 자라서
생활비에다 학비 삼십이 더 필요하대요
침이 꼴깍 넘어갔어요
아닌 건 아닌 거잖아요
비정규직 강사는 출산과 동시에 캐시가 멈추거든요

결국 저는 제 새끼들을 선택했어요

한동안 돌을 씹는 기분이었어요
아닌이 잘 살아남길 기도하는 수밖에요

새근새근 잠든 아이들을 보다가
아닌이 궁금해지는 밤이면, 미안해져요
공부까지는 못 시켜줬잖아요
아닌한테만 미안한 건 아니에요
그 돈 안 쓰고 모았더라면
우리 애들 학원 하나는 더 보냈을 테니까

모두에게 미안한 밤입니다
마음이 저만치에서 돌아보는 표정을
애써, 모른 척해 봅니다

아홉

무수한 아홉들이 등장하는
킬링타임용 영화
시나리오는 처음부터 끝까지
생일을 축하하는 이야기다

녹아내리는 케이크 위에
십을 셀 수 없는 아홉의 초를 꽂고
한숨에 꺼져 버릴 소원을 켠다
왜 태어났니?
떠들썩한 축하는 진담이어서
꽉 찬 아홉의 모퉁이에서 춤을 춘다

요란한 생일 파티가 길어지고
지붕 위에는 조각달이 차오르는데
만월엔 이르지 못한 계절
아홉 번째 날에 태어난 주인공들은
아홉 같은 밤을 지새며
십에 닿을 수 없는 건배를 한다

십이 아니어도 좋아!

여전히 아홉 같은 아침의 농담은
십을 몰라도 온종일 부르는 노래
마지막까지 하나쯤 모자란 이야기
끝까지 미완인 작품

그래서 낭만적인

시날로그

백스페이스와 딜리트 키로
빠르게 새하얀 공백을 리필하지만
시와 컴퓨터는 어울리지 않아서,
나는 허구헌 날 공책에다 쓴다
뭉툭한 연필이 예리해질 때까지
연필깎이에 돌리고 돌려서,

0과 1 사이
수치화 된 사실 뒤에
침묵 중인 진실의 꼬리를 찾고자,
수천 수만 개의 글자를 찍는다

연필처럼 뭉개지고 싶다
새끼손가락에 묻은 흑연 자욱처럼
겪어야만 느낄 수 있는 삶은
느릿 느릿, 향기로 말을 하니까

지우개 가루가 켜켜이 쌓이면,
자음과 모음이 별안간 표정을 짓는다
낮은 데시벨,

점차 소리의 파동은 커지고,

쓰레기 같은 초고가 커브를 튼다
수없이 썼다 지운 쪽팔리는 시가 말을 건다
이진법으로는 닿을 수 없는
공책 끄트머리 언저리에서 나는

진한 연필밥 냄새

길 위에서 허밍

등대가 꺼지더라도
길을 찾을 순 있을 겁니다
이윽고 태양이 솟아오를 테니

잃어버린 달뜬 하늘과
낯선 상실의 바다 사이,
수평선은 벅차게 물이 들겠죠

새벽을 찬란히 침노하는
아침의 무용한 떨림을 좋아하시나요?

하루도 빠짐없이 허공에
스스로를 띄워 올리는 태양의 길
그건 바다를 찢고 나아가는
가만한 기적 소리를 닮았습니다

지저귀는 새소리,
리드미컬한 파도 소리와 더불어
이른 아침을 걷는
작은 발자국들이 이어집니다

길 위에
고요한 허밍 소리 가득합니다

사는 건 마치 뜨거운 연주 같아서

　외진 동네의 허름한 이층 주택에서 유년시절을 보냈다. 이층집으로 이사하기 전에는 사글셋방에서 살았었는데, 공용으로 사용하는 푸세식 화장실이 무섭고 불편해서 늘 용변을 참고 있던 기억이 난다. 어릴 때에는 체격이 왜소했던 터라 책가방은 크고 무거운 짐덩어리였다. 등하굣길도 꽤 멀었던 것 같다. 터벅거리며 좁고 긴 골목을 걸어가다 보면 집이 나왔다. 도착하면 아무도 반겨주지 않는. 그 공간의 적막함과 허기와 외로움이 내 정서의 바탕이 된 것 같기도 하다.

　식구들이 모두 모인 저녁에는 하루가 멀다 하고 고성과 욕설이 난무하는 싸움이 벌어졌다. 망가지고 부서지고 날아다니는 물건들 사이로, 좀처럼 진정될 줄 모르는 심장은 오싹한 공포감에 잠식당했다. 술에 찌들어 대화가 되지 않는 인사불성의 인간만큼 무서운 것이 없다는 사실을 너무 일찍 깨달아 버렸다.

새벽까지 이어지던 싸움에 엄마의 입술이 터져 피가 흐르고, 택시를 타고 응급실을 향하던 날이었다. 엄마가 입술을 꿰매는 동안 내가 할 수 있는 일이라곤, 고개를 푹 숙이고 병원 바닥만 뚫어져라 쳐다보는 일이었다. 나는 눈앞에서 벌어지는 폭력을 멈출 힘이 없는 미성년자였다. 무력감이 가슴을 좀먹었다. 가족 구성원 모두가 자신의 뜻대로 움직일 때까지, 자신보다 약한 아내와 자신보다 훨씬 약한 자녀들 위에 폭력적으로 군림하던 아버지는 사람의 탈을 쓴 괴물이나 다름없었다.

대학생이 되던 해, 첫 여름방학이었다. 동아리 사람들과 여름 수련회를 떠나는 날, 짐을 챙겨 집을 나서는 나에게 엄마는 어딜 그렇게 멀리 가느냐고 물었다. 나는 알아서 하겠다며 짧게 대꾸하고 나와버렸는데. 그날 밤, 엄마가 위독하시다는 전화 한 통을 받았다. 숨이 턱 막혀 목소리가 나오질 않았다. 불의의 사고였다고 했다. 발을 헛디뎌 높은 곳에서 떨어지셨다. 안타깝게도 엄마는 눈 한 번 다시 떠보지도 못한 채 다음 날 밤, 돌아가셨다. 어떤 삶은 그렇게 너무 순식간에 허무하게 져버리기도 했다.

글을 쓴다는 것은 드러내고 싶지 않은 더럽고 후미진 구석까지도 정직하게 적어내는 일이다. 글이 곧 나고, 내가 곧 글이기 때문이다. "서정은 세계의 자아화"라는 면을 여실히 보여주는 시를 쓰기 위해선 더더욱 적나라하게 진실할 수밖에 없다. 비릿하고 볼품없는 상처를 끄집어내 글을 쓴다는 것은 쉬운 일이 아니지만 그 힘든 과정을 거쳐야만

비로소 반짝, 빛나는 진정성 하나를 건져낼 수 있었다.

사랑받지 못하고 살아온 나의 유년은 내가 선택한 적 없는, 그저 주어진 환경이자, 도려내고 싶은 치부였다. 열패감과 열등감, 무력감의 늪에 빠져있던 나의 삶에 필요했던 건 다정한 위로였다. 다른 누구로부터가 아닌, 나 스스로를 일으키는 나 자신만의 위로 말이다.

삶에는 그냥 주어지는 것들이 많다. 장점도 강점도, 결핍도 약점도. 내가 선택한 적 없이 그냥 내 삶에 벌어진, 나의 노력 여하와 상관없는 내 삶에 일어난 불운들도. 아마, 누구도 그에 대한 이유를 명확히 답할 수 없을 것이다. 그래서 내가 나에게 줄 수 있는 위로는 단 한 가지뿐이었다. 나답게 해석하는 것.

그럼에도 불구하고 나를 사랑하고 나를 지지하고 나를 응원하는 것, 그래서 좋은 것도 나쁜 것도 모두 내 인생의 자산으로 삼는 태도가 삶을 빛나게 한다. "인생은 B(birth)와 D(death) 사이의 C(choice)"라고 말한 장 폴 사르트르의 말에 빗대어 생각해 보자면, 내 삶은 나를 사랑하는 선택을 하기까지의 수많은 시행착오였던 것 같다. 살아간다는 것은 나를 사랑하고 받아들여 온전히 내 이름이 되는 일이니까.

세상의 어떤 결핍들은 그냥 주어지고, 사람은 오직 경험한 것들 안에서만 진실하다. 우리가 할 수 있는 가장 위대한 일은 바로 결핍을 받아들이는 일이다. 내게 거저 주어진 생명과 그저 주어진 약점들을 있는 그대로 사랑하는 힘이다. 누구도 내 삶을 대신 살아줄 수 없기에, 스스로 묻고, 찾고, 답해야 한다. 그렇게 매일을 성실하게 애쓰고 있을 또 다른 타인들에게 친절을 베풀면서 말이다.

헤아림의 깊이만큼 사람은 넓어진다. 내 이름을 사랑하기로 한 선택으로 다른 이들의 이름에도 사랑과 친절을 베풀고 싶다. 한낱 잔파도에 일렁이지 않는 깊은 물의 길을 걷고 싶다. 마침내 바다에 이르기 위하여. 그래서 내가 세상에 줄 수 있는 작은 친절은 진실한 글 한 편이란 생각을 해본다. 그것이 내가 세상에 줄 수 있는 진심 어린 선물인 것 같아서, 앞으로도 꾸준히 쓰는 삶을 살고 싶다. 이 글이 꼭 필요한 누군가에게 닿아, 내가 나를 사랑하게 된 것처럼 그 누군가도 자기 자신을 사랑하게 되기만을 바란다.

연꽃은 흙탕물을 먹지만 흙탕물에 물들지 않는다. 더러운 오염물질을 자양분으로 소화시키면서 물을 정화시킨다. 줄기마다 흙탕물을 가득 마셨어도 하늘을 향해 정갈한 꽃을 피워내는 연은 숭고하다. 그래서일까. 고결한 연꽃 한 송이를 보면 숙연해진다. 정갈한 꽃 같은 글을 쓰고 싶다. 이룰 수 있는 것만 꿈꾸며 살고 싶진 않다. 오늘 주어진 내 하루의 씨앗을 발아시키려 애쓸 것이다. 발아한 연꽃이 습지를 모두 뒤덮는 데는 그리 오랜 시간이 걸리지 않는다니 퍽 희망적이다.

삶이 비록 그대를 속일지라도 슬퍼하거나 노여워하지 말라고 노래한 A. S. 푸시킨의 시 구절처럼, 모든 날이 순식간에 지나가고 지나간 모든 날들은 그리움이 된다. 질투만

하다 가난해지고 혐오만 하다 비참해졌던 지난날들도 애틋하다. 인정하고 싶지 않은 부끄러운 '나'와 올곧게 잘 버틴 대견스러운 '나'가 서로 엎치락뒤치락하며 그려온 구불구불한 길 위에서, 적어도 어제의 나보다는 조금 더 나은 인간이 되어가는 중이라고 믿고 싶다.

사는 건 마치 뜨거운 연주와도 같아서, 자신만의 박자와 셈여림을 따라 주어진 악보를 해석하는 능력이 가장 중요하다. 매일 연습하고 있다면 그것만으로도 충분한 삶이다. 미완이어도 괜찮은 하루다. 자유롭게 연주하며 즐길 수 있다면 더없이 아름다운 삶일 것이다. 건반 위에서 자기만의 방식대로 춤을 출 수 있는 자존만큼 눈부신 자태는 없다. 삶이 나를 비겁하게 속이는 시절마저도 나만의 특별한 자산으로 해석할 수 있다면, 틀림없이 그 곡은 명곡일 것이다.

시집을 채운 50편의 시는 여전히 서툴고 유약한 한 인간의 노래다. 가감 없이 보여낸 나의 '자기 드러냄'이 밉지 않기를 바랄 뿐이다. 당신의, 당신에 의한, 당신을 위한 삶의 연주에도 마음 깊이 진심을 담아 응원을 보낸다.